KB056559

하루

하루

그리움이 깊으면 모든 별들이 가깝다

박범신 에세이

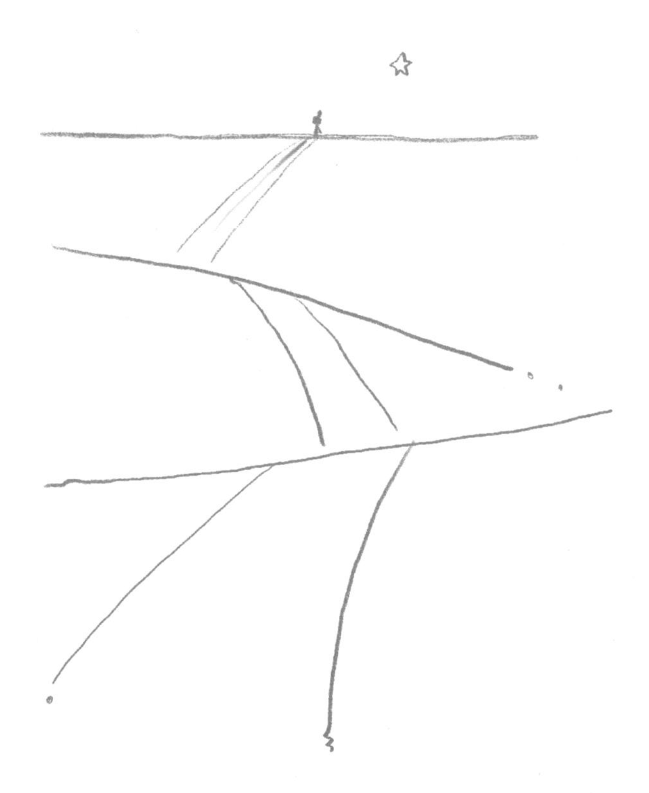

시월의책

차례

아침_아가, 고만 눈떠라잉 —— 7

낮_사랑 때문에 한쪽 날개를 꺾지 말라 —— 43

저녁_두통엔 눈물이 명약인가 —— 75

밤_우주의 끝이 보였다 —— 105

새벽_우리 모두 '사람'이다 —— 137

아침

–

아가 고만 눈떠라잉

내가 아침이고 싶다.

아침빛이 되어,

당신의 이마에 첫정을 주고 싶다.

세상을 깨우고 싶다.

태양이 떠오른다. 떠오르는 태양빛이 이마에 처음 닿을 때면 그 누구든, 수천 수만의 나비떼가 날아오르는 듯한 충만감을 형형히 만날 수 있다. 가슴은 두근거리고 볼은 붉어지고 눈은 더욱 밝아질 것이다. 온몸으로 느끼게 될 그 생명의 파동에 머물라. 그 파동이야말로 바로 당신의 심지다. 삶의 알파와 오메가, 세상의 모든 순간과 영원의 황홀한 합일이 거기 있다. 그 아침빛에. 그 생생한 파동에. 세상이 주는 얼룩과 굴욕과 상처는 기실 소소한 것이다.

사방에서 봄꽃들이 피어난다. 봄꽃들은 피어나는 게 아니라 터져 나온다. 통절하고 극적이다. 마치 종환腫患처럼 내부로부터 곪아 잔뜩 부풀어 올랐다가 스쳐 지나는 바람결, 새들의 가벼운 날갯짓, 섬광처럼 와 박히는 아침 햇살에 닿아 툭, 투둑, 숨 가쁘게 터지는 것과 같다. 봄꽃들의 저 황홀한 투신, 뜨거운 화냥기는 그 무엇도 말릴 수가 없다.

인도네시아 동남부에 있는 자바 섬의 청년들, 그들은 청춘의 봄이 찾아와 사랑하고 싶은 열정으로 가득 찰 때, 그리하여 마침내 먼빛으로 보기만 해도 저절로 가슴이 터질 듯 용솟음치게 되는 꽃다운 처녀를 만났을 때, 그 처녀가 곧 세계의 전부로 느껴질 때에도 결코 곧바로 달려가 청혼하는 법이 없다. 충동에 맡기는 그런 식의 만남과 그런 식의 청혼이란 사람의 내밀한 본성에 비해 너무 단순하고 천박하다고 여기기 때문이다.

문명사회의 청년들보다 훨씬 더 시정詩情이 넘치는 그들 꿈 많은 자바의 청년들은, 사랑의 격정에 기다림을 보태 그 사랑이 오래된 술처럼 향기롭게 익기를 충분히 기다린 다음, 사랑하는 그녀와 결혼하여 보금자리로 쓸 집까지 정하고 난 뒤, 드디어 그 집의 벽재壁材 일부를 어깨에 메고 처녀의 집으로 은밀히 찾아가 가만히 문 앞에 놓아둔다.

기다림의 시간은 24시간이 일반적 관행이다. 처녀는 그 벽재의 주인인 총각이 마음에 들면 벽재에다가 역시 은밀하게, 사랑의 징표로서 두 개의 구멍을 뚫어놓는다. 하나의 구멍은 자신이고 또 하나의 구멍은 상대편이다. 그러므로 두 개의 구멍은 결혼하여 두 인격이 하나로 합쳐지는 사랑에의 질박한 상징이라 할 수 있다. 처음부터 모두 성공하는 건 아니다. 기다림의 24시간을 보내고 나서 사랑하는 처녀의 집 문 앞에 놓아둔 벽재에 두 개의 구멍이 뚫려 있지 않은 것을 확인할 때조차 청년은 말없이 그것을 회수해 돌아올 뿐이다.

절망하거나 원망하지 않는다. 사랑의 일시적인 실패를 원망하는 건 사랑이 깊지 못하기 때문이다. 자바의 아름다운 청년은 단지 때가 아직 성숙하지 않았다고 여긴다. 다음 기회를 여전히 기다릴 수 있으므로 청년은 자신의 꿈이 잠시 유예되었을 뿐이라고 생각하는 것이다. 기회가 다시 온다고 믿을 뿐 아니라, 기다릴수록 사랑이 빛난다는 걸 청년은 알고 있다.

사랑은 무릎 꿇고 받아야 하는

일종의 성찬聖餐이기 때문이다.

일관성 있는 지향은 아름답다.
그 지향이야말로 생에 대한 가없는 사랑,
존재의 이유이며, 길이기 때문이다.

서로 마주 볼 때 당신은 영원을 믿었으며, 억겁의 시간을 통과해도 그대로 견고히 남을 금강심金剛心을 믿었다. 영원…… 이라고 말하고 싶어지면 이미 사랑은 시작된 것이라고, 서로의 눈빛을 마주 보면서 마치 비명을 지르듯이 영원…… 이라고 새겨 넣고 싶어지면 이미 사랑의 제단에 투신한 거라고 생각했다. 당신에게 '영원한 사랑'은 진부한 것이 아니라 가장 자연스럽고 가장 강력한 말이었다. 그러나 아, 그런 사람들, 영원한 사랑…… 이라고 말하고 살았던 당신의 시대는 이미 전설이 되고 말았다. 슬픈 일이다. 영원…… 이라는 말은 오늘날 다만 낡은 책 속에 있을 뿐이다.

사랑하면, 사랑하는 그들은 특별한 투시안을 얻는다. 그들은 독심술의 대가가 된다. 서로의 눈빛까지 충분히 읽어낼 수 있는 특별한 눈을 얻는 것이다. 그러나 유의해야 할 것이 있다. 어느 한쪽이 투시안을 얻으면 어느 한쪽 눈은 감기고 만다는 사실이다. 그렇다, 사랑을 시작한 자는 한쪽 눈의 광채를 얻는 대신 한쪽 눈의 실명을 감수해야 한다.

여름이면 시베리아는 마치 천지창조의 창세기 풍경을 연출한다. 사방에서 맑은 물이 솟아나고 대지는 지평선 끝까지 노란 민들레로 뒤덮인다. 영하 30도의 얼어붙은 혹한을 작은 씨앗 하나의 힘으로 견디다가 대지가 풀리고 나면 마침내 그 싹을 터트려 영롱한 꽃잎들을 피워내는 들꽃, 민들레, 아두반치끼…… 그들이 예쁜 것은 길고 잔인한 시베리아의 혹한을 견디어냈기 때문이 아니라, 마침내 그들이 영롱한 빛깔을 제 목숨에 담아 그 목숨값을 꽃으로 증명해냈기 때문이다.

탄생이란 위기의 다른 이름이다.

아름답고 의미 있는 탄생이라 하는 것은 보는 이의 추상적 관념일 뿐이다. 탄생하고 있는 주체의 입장에서 볼 때 탄생의 순간은 어미의 생살을 찢으면서 세상으로 내던져져 나와야 하는 것이므로 '충격과 공포'의 끔찍한 경험일 것이다. 뜨거운 낭만적 세계관만으로 탄생의 실존적 위기를 다 설명할 수 없는 것은 그 때문이다. 그런 점에서 탄생은 철저히 리얼리즘적이라 할 수 있다.

그리움은 샘물과 같다. 그리움의 물이 가슴에 고여 있지 않다면 달이 떠올라도 그 빛을 볼 수 없다. 보라, 지금 당신 곁에 소중한 인연이 지나쳐 가고 있다. 당신의 가슴이 메말라서 그를 알아보지 못하는 건 큰 비극이다. 그러니 사랑하고 싶다면, 당신의 소중한 그를 알아보고 싶다면, 먼저 가슴에 그리움의 샘물을 채울 일이다. 역사보다 소설이 재미있는 것은 거기에 픽션이 가미되기 때문인데, 픽션이란 알파라고 불러도 좋은 일종의 미지량을 가리킨다. 사람이란 너무도 불확실하고 너무도 가변적이어서, 사실의 철저한 조합과 그 조합을 근거로 한 합리적 추론 속에만 머물지 않는다. 어떠한 사실, 어떠한 이성으로도 설명되지 않는 사람의 오묘하고 수상한, 사실 밖으로 삐져나온 부분이 바로 미지량이라 할 수 있다.

작가가 흥미를 느끼는 것은 바로 생의 그 은밀한 미지량이다.

연애는 감정의 미지량을 품고 있다.
그것이 연애의 낭만성이다.

그를 사랑한다면 당신은 날마다 새롭게 태어나는 그를 볼 것이다. 당신에게 그는 생성의 샘물과 같다. 그러나 함께 밥 먹고 함께 자고 함께 집을 지켜야 되는 결혼의 경우, 그 결혼생활에선 불확실한 미지량이 허용될 수 없다. 거기엔 생활이 있으며, 생활은 그들 부부를 둘러싼 사회와 거미줄처럼 관계 맺고 있고, 최종적으로는 단단한 제도의 뒷받침을 받는다. 그러므로 결혼과 동시에 미지량의 낭만성은 거세된다. 일탈은 봉쇄된다. 결혼한 그들도 자주 사랑한다고 말하고 사랑한다는 확신도 더러 느끼겠지만, 정상으로부터 '삐어져나온 부분'을 인정하지 않으려는 제도가 전제되기 때문에, 역설적으로 사랑으로부터 떠나버리는 결과를 만나게 되는 것이다. 결혼의 비극이다.

결혼은 안정감이라는 축복을 선사한다.
연애의 이상주의자에게 결혼은 미친 짓이지만,
생이 주는 본원적 불안을 이길 수 없는 자는
한시바삐 결혼하는 게 장땡이다.

우리는 계속해 사랑한다고 말하면서,

기실은 조금씩 사랑을 까먹어서

마침내 사랑의 빈 바구니만을 들고 있게 된다.

그게 보편적인 사랑이 가는 길이다.

혼자 될까봐 두려운 사람들은, 사랑의 빈 바구니만 들고 있으면서도 계속해 사랑하고 있다고 착각하거나, 계속해 사랑한다고 거짓말을 늘어놓는다. 그들은 사랑을 하나의 관습에 맡겨서 비즈니스처럼 운영하는 것이다. 얼마나 많은 사람들이 제 사랑을 단지 관습과 관행에 맡겨놓고서, 아침저녁, 사랑해, 사랑해, 아아, 사랑해⋯⋯ 하고 거짓말하면서 살고 있는지를 보라. 아름다운 거짓말이 아니다. 그것은 쓸쓸하기 한량없는 거짓말이다.

사랑의 거짓말들은 쌓여서, 최종적으로 주체를 조금씩 지우고 인생에서 결국 자기 자신을 투명인간으로 만들어버린다. 내 인생을 살면서 내가 주인 행세를 못하게 하는, 저 쓸쓸한 사랑의 퍼포먼스들, 혹은 그림자놀이.

사랑은 희열인가. 물론 사랑은 극적인 충만감과 기쁨과 쾌락을 동반하고 있다. 그러나 동시에 사랑은 소유하고자 하는 절대적 욕망과 현실적인 결핍 때문에 끝없는 내적 분열의 함정에 빠진다. 그곳에서 빠져나오려면 사랑을 잃어야 한다.

사랑은 평화가 아니라,

투쟁심에 가까운 감정이다.

사랑에서,
충만감과 기쁨과 쾌락은 짧고,
번뇌는 길다.

사랑을 어디에 두고 사시는가. 혹시 '습관'이라고 쓰인 전당포에 사랑을 맡겨놓은 건 아닌가. 습관적으로 사랑한다고 말하고 습관적으로 섹스하고 습관적으로 함께 밥 먹고 있지는 않은가.

당신이 사랑으로써 안정적이고 지속적인 행복을 얻었다면, 거짓말을 하고 있거나 사랑을 흉내 내고 있는 중이거나, 둘 중 하나일 것이다. 사랑은 습관에서 삐어져 나와 만나는 생생한, 미친 감정이다. 생의 권태를 넘어서고 싶다면 지금 당장 사랑에 빠지라.

사람은 본디 가벼운가, 무거운가.

자본주의 폭력성이 사랑과 결혼까지도 차압해 제 의도대로 지배하는 세상이다. 결혼이 거래처럼 이루어지는 것은 우리 영혼을 세계의 구조에 내맡겨놓았기 때문이다. 격정의 스텝에 시간을 보태고, 더 나아가 그것이 익어 향기로워질 때를 열렬히 기다리는 마음이 사랑의 본원일 것이다. 사랑의 우물이 마르지 않는 사람은 사랑의 성취가 금방 일어나지 않더라도 고독한 것을 두려워하지 않는다.

세계구조에 맡겨서 사랑의 성취를 얻어내려 하지 말 것.

우리가 의지라고 불렀던 것들이
우리를 배반하는 건 비일비재하다.
우리가 이성이라고 믿었던 것,
우리가 진실이라고, 승리라고 믿었던 것,
우리가 사랑이라고 믿었던 것들도 그러하다.

단란한 가정을 경험해보지 못한 것이 어린 시절 나의 문제였다. 아버지는 장삿길로 나가 늘 집을 비웠고 어머니는 놀랍게 예민한 분이었으며 누나들은 하나같이 감정의 컨트롤에 서툴렀다. 내 최초의 세계 인식은, 세계는 언제나 '불화'가 가득 차 있다는 것이었다. 따뜻한 소통이나 화해는 일종의 신기루 같은 것에 불과했다. 그 '불화 의식'이 나를 작가로 만들었다. 작가는 불화의 조각들을 면밀하게 기워 불화가 없는 충만한 세계를 지향하게 하는 꿈의 면포를 만들어내는 사람이라고 할 수 있다.

우리는 우리의 가장 깊은 중심에 죽음의 씨를 잉태하고 태어났다. 그 씨앗은 평생에 걸쳐 조금씩 자라난다. 우리가 청춘으로 불릴 때조차 푸르른 생성의 그늘 속에선 사멸의 씨앗이 은밀히 자라는 걸 멈추지 않는다. 다섯 살짜리 아이에겐 다섯 살의, 스무 살짜리 청년에겐 스무 살의, 일흔 살 노인에겐 일흔 살의 소멸이 생성과 함께 들어 있다. 탄생 이전부터 지니고 나온 존재의 본원적 슬픔이 여기에 있다.

사랑은 "잘츠부르크의 암염과 같다"고 스탕달은 그의 저서 『연애론』에서 말한 바 있다. 모차르트의 고향이기도 한 잘츠부르크에서는 땅속에서 소금이 나는데, 땅속의 소금은 숲의 지각 변화에 의해 땅에 묻혔다가 오랜 세월 동안 썩어 마침내 유익하고 아름다운 결정체인 소금으로 변한 것이다. 이 과정에 절대적으로 필요한 건 '어둠'과 '시간'이다. 참다운 사랑은 오랫동안 어둠을 참고 견뎌야 비로소 유익한 결정체로 완성된다는 것을 스탕달이 우리에게 일러주고 있다.

봄꽃들은 다 독하다.

아니 꽃만 그런 게 아니라 이름 없는 봄풀들도 다 그러하다.

그 가혹한 어둠과 추위를 견디어오고도 하늘하늘,

가장 황홀한 부드러움으로 피어 있는

저 천연스런 봄꽃들의 자태를 보라.

살아 있는 목숨이란,

독성과 연성軟性이라는 양면성을 갖게 마련이다.

봄엔 향기로운 독성, 혹은 향기로운 의지를 갖고

태어나는 살아 있는 것들의 환호성이 천지사방에서 들린다.

무섭고 황홀하다.

생명 있는 것들의 3월은 힘이 있다.

꽃처럼, 아직도 내 길에서

더 피우고 싶은 게 있어 아침이 행복하다.

마당귀에 상추, 치커리, 쑥갓, 겨자 등을 매년 심는다. 문제는 벌레들이다. 차마 소독을 할 수는 없어 그냥 두면 자라나는 채소의 3분의 2는 벌레들이 먹는다. 새벽마다 마당귀로 나와 벌레들을 잡아보지만 그것들의 생명력을 다 제어할 수는 없다. 벌레를 잡다가 지쳐서 하는 말은 이렇다. 미물일망정, 생명 있는 것들이 내 밭을 양식 창고 삼아 배불리 먹고 행복한 한 시절을 보낸다면 얼마나 좋은 일이랴.

자연의 첫째 법칙은 서로서로 맺어져 있으면서 동시에 열려 있다는 것이다. 자연 그대로 두어도 자연의 네트워크는 자연을 알뜰하게 조절해 낼 수 있다. 인간은 그러나 끝없이 자연을 통제하려 든다. 가난하지만 행복한 나라 부탄에 가면 전국 어디에서든 묶여 있는 짐승이 단 한 마리도 없다. 소도 말도 개도 토끼도 다 풀어져 자유롭다. 동물들에게 목줄을 채우지 않는 대신 부탄인들은 밭작물을 지키기 위해 밭에 울타리를 친다. 우리가 동물들을 옭아매려고 목줄을 만들 때 부탄인들은 동물들을 자유롭게 살도록 하기 위해 밭에 울타리를 치는 수고를 마다하지 않는 것이다. 생명제일주의는 최종적으로 그들, 동물이 아니라 우리네, 사람의 삶에 이롭다는 걸 부탄인들은 잘 알고 있다.

아프리카 중부에 흩어져 사는

마사이족들은 지금도 광야에서 산다.

그들의 세상에선 빈자와 부자의 차이가 거의 없다.

소유한 것이 많지 않기 때문이다.

그러므로 그들은 큰 죄를 짓지 않는다.

죄 많은 건 문명이다.

소유를 가르치고 소유욕을 끝없이 키워온 것이 문명이기 때문이다.

나는 때로 저들 마사이족처럼 광야로 들어가 자유롭게 살고 싶다.

그런데 그걸 왜 못 하는가.

아, 광야로 돌아가기에 나는 너무 많은 걸 소유하고 있기 때문이다.

소유가 사람의 참 자유를 제한한다.

세월은 우리에게 그리움을 가르친다. 어린 시절 그리웠던 것들이 지금은 하나도 그립지 않으나 그 시절엔 소중한지조차 몰랐던 것들이 오늘은 너무 소중하고 그리워서 가슴이 자주 젖는다. 그 반대의 경우도 물론 많다. 세월은 힘이 세다.

모자람이 적은 삶은 그리움도 적고,

그리움이 적으면 꿈도 적다.

아침입니다. 무엇이 그리운지 알지 못하면서, 그러나 무엇인가 지독하게 그리워서 나날이 흐릿하게 흘러가던, 그런 날의 어느 아침이었을 것입니다. 여닫이 문살을 어머니가 문밖에서 툭툭 치며 말하였습니다. "아가, 고만 눈떠라잉." 어머니의 목소리는 기차 소리 같습니다. 늘 아침을 열어주던 어머니가 그립습니다. 어머니, 당신이 바로 나의 아침이었습니다.

낮

–

사랑 때문에 한쪽 날개를 꺾지 말라

사람은 떼를 지으면

각자의 본심과 달리 몰강스러워진다.

항상 '떼'를 경계해야 한다.

세상에서 가장 아름다운 것은 무엇일까? 긴 겨울을 견디고 난 후 봄에 피는 꽃이 아름답고, 안개 낀 강가의 여름 철새들이 아름답고, 불타는 가을 단풍 아래의 꽃사슴이 아름답고, 하얀 눈이 내려 덮인 눈밭의 까투리 또한 아름답다. 그러나 생각해보면 인간보다 더 아름다운 것은 없다.

셰익스피어의 『햄릿』에 보면 '인간은 세계의 아름다움이요, 만물의 영광'이라는 말이 나온다. 인간의 이성은 고귀하고 능력은 무한하며 이해심은 산과 같다는 뜻이다. 특히, 인간이 아름다운 이유는 그들이 갖고 있는 이성과 능력과 이해심이 사랑을 바탕으로 하고 있기 때문이다.

사위가 고요할 때 홀로 가만히 웅크리고 앉아 창밖의 하늘, 구름, 미루나무 끝가지들을 보는 그 시간이 참 좋다. 그런 시간엔 내가 곧 하늘이 되고 구름이 되고 미루나무가 된다. 그런 순간이야말로 진정 자유롭다.

천형처럼, 고통스럽지만 한사코 자신이 택한 그 길로 가는 사람들이 있다. 때로는 비명을 지르고, 또 때로는 가시에 온몸이 찔려 피를 흘리면서도 그들은 눈을 가린 경주마처럼, 좌우를 살피지 않고 고집스럽게 그 길을 가는 것이다. 작가의 길이든 화가의 길이든 사업가의 길이든 학자의 길이든 상관없다. 그 길을 가지 못할 때, 그들은 그들의 삶이 죽었다고 느낀다. 세상에선 그들을 '장인'이라고 부른다.

한 마리 젊은 사슴이 있었다.

아침부터 숲속을 뛰어다닌 사슴은 이윽고 목이 말라 맑은 샘을 찾아 실컷 물을 마셨다. 포만감이 들자 사슴은 비로소 물속에 비친 자기 자신의 모습을 보았다. 진흙과 검불 따위가 묻은 다리는 터무니없이 가늘고 더러웠으나, 얼굴만은 갸름했고, 하늘 향해 뻗은 뿔은 햇빛과 만나 번쩍거리는 데다가 그 무엇보다도 깨끗하고 아름다웠다. 그것은 숲속의 어떤 동물에게도, 심지어 숲속의 왕인 사자에게도 없는 뿔이었다.

발과 다리가 문제야.

젊은 사슴은 볼품없이 깡마른, 그리고 더러워진 자신의 다리를 원망했다. 천방지축 까불고 다니느라 제 발과 다리가 더러워진 것이 제 탓인 줄을 사슴은 모르고 있었다. 잘생긴 얼굴과 자랑스러운 뿔도 더러운 발과 다리 때문에 빛이 반감된다고 사슴은 생각했다. 더럽고 볼품없는 다리만 없다면 세상을 향해 더욱더 마음껏 뽐낼 수 있을 것도 같았다.

바로 그때 사자 한 마리가 나타났다.

사자는 토실토실한 젊은 사슴을 보고 군침을 삼키며 달려들었다. 사슴이야 사자의 힘을 당해낼 수 없었으나 다리가 유난히 길어 달리는 일만은 사자를 이길 수 있었다. 사슴은 죽어라고 뛰었고 덕분에 쫓는 사자와 쫓기는 사슴과의 거리는 점점 멀어졌다. 그러나 황망 중의 질주인지라 사슴은 제 뿔의 높이를 잊어버리고 뛰었기 때문에 그만, 우거진 가시나무 가지 사이에 뿔이 걸려 오도 가도 못하는 신세가 되고 말았다. 사자는 화색이 만면한 얼굴로 다가와 젊은 사슴을 맛있게 잡아먹었다. 죽어가면서 사슴은 눈물을 흘렸으나 눈물 젖은 사슴의 아름다운 얼굴조차 사자는 한입에 찢어발기고 말았다.

사슴은 제 죽음이 슬퍼서 운 것이 아니었다.

더러운 발과 깡마른 다리만을 못생겼다고 원망했다가 바로 그 발과 다리 때문에 목숨을 건질 뻔했는데, 평생 자랑스럽게 뽐내고 싶었던 뿔 때문에 급기야 죽게 되었으니, 사슴은 잘생긴 얼굴과 드높은 제 뿔에 대한 가치를 제대로 알지 못했던, 바로 그 회한 때문에 운 것이었다. 자신을 알지 못한 죄로 죽는 것이 가슴 아파서 운 것이었다.

봐, 당신은 빛나고 있어.

자신을 소중히 여겨.

앞모습은 공격적이지만 뒷모습은 쓸쓸하다.
체형과 관계없이, 나이, 성별과 관계없이, 부위와 관계없이.
이것은 인간이 가진 두 개의 운명이다.

나아갈 때 힘차고 돌아갈 때 고독하니,
삶은 티끌이다.

쉬지 못하면 흥하지 못한다. 참된 휴식이 없으면 참된 자기 성찰도 없기 때문이다. J.포드도 '일만 알고 휴식을 모르는 사람은 브레이크 없는 자동차와 같아 위험하기 짝이 없다'고 하지 않았던가. 무엇보다 휴식은 정숙하고 여유로우며 아름다워야 한다. 조용한 침묵의 눈으로 바쁘게 달려온 삶의 관성이 우리 몸에 만들어놓은 옹이와 물집들을 들여다보는 일이 휴식이다.

봄녘에 들 가운데로 나오면 속이 쫙 열리는 듯 마음이 곧 광활해졌다. 아침저녁 샛바람이라도 슬슬 불었다 하면, 벼는 벼끼리, 잡초는 잡초들끼리 부딪쳐 수런수런 생생한 숨소리를 냈고, 토끼풀들은 발랑발랑 까뒤집혀 춤추기 일쑤일 뿐 아니라, 비름, 쇠귀나물, 질경이, 수뤼나물, 쑥부쟁이, 씀바귀, 애기마름, 쇠별꽃, 먹어도 좋은 온갖 풀들이 웃는 듯 손짓하는 듯, 일제히 나를 향해 환호하며 다가서는 것이었다. 그러므로 허기가 져도 봄날 들녘에 나오기만 하면 나는 언제나 시간 가는 줄 몰랐다. 봄의 들녘은 그 자체만으로 전혀 부족함이 없는 원만한 세계였다. 그곳에서 결핍된 건 실존으로서의 나 자신뿐이었다. 절대빈곤 시절, 나는 사실 늘 배가 고팠으니까.

어떤 미국 사람이 아프리카에 가서 밀림 사이로 흐르는 계곡의 맑은 물을 보고 앉아 있다가 무릎을 쳤다. 계곡엔 수많은 형형색색의 열대어가 떼 지어 노닐고 있었다.

'옳거니, 저놈들을 잡아서 뉴욕으로 가져다가 팔면 떼돈을 벌겠구나.'

그는 곧 대형 상선을 빌리고 값싼 아프리카 노동력을 사서 열대어들을 대량으로 잡아들였다. 상선 안에 거대한 수족관이 만들어졌으며, 계곡의 물을 끌어다가 그 수족관을 채웠고, 계곡의 수초들을 뽑아다가 수족관 안에 정성껏 심었다. 수족관에 열대어들이 가득 차서 헤엄치는 걸 보고 그는 쾌재를 불렀다.

항해는 두 달이나 계속됐다.

일확천금의 꿈에 부풀어 뉴욕에 도착한 후 수족관을 살펴본 그는 아연실색, 그 자리에 주저앉고 말았다. 수족관의 열대어들이 반 이상 죽어 있었고, 살아 있는 것도 거의 힘이 빠진 채 가사 상태였기 때문이다. 사람들에게 팔아먹을 만한 가치 있는 '물건'은 거의 남아 있지 않았다.

그는 빈털터리가 되었다.

실의에 빠져 다시 아프리카로 간 그는 열대어들이 떼 지어 놀고 있는 그 계곡의 물가에 앉아 머리칼을 움켜잡았다. 도대체 열대어들은 왜 죽었을까. 계곡의 물을 담았고 계곡의 수초를 심어주었다. 때맞추어 물도 갈아 넣어주었고 산소도 충분히 공급해주었는데 열대어들이 대부분 죽어버렸으니, 생각해보면 귀신이 곡할 노릇이었다.

그가 그런저런 상념에 빠져 있을 때였다. 갑자기 물속의 열대어들 사이에 아연 긴장감이 돌았다. 고요히, 여유 있게 헤엄치며 놀던 열대어들이 돌연 기민해졌을 뿐 아니라 더욱더 생동감 넘치게 움직이기 시작했다. 갑자기 큰 사달이라도 난 것 같았다.

그 순간 그는 보았다. 계곡의 아래쪽에서 느릿느릿 뱀장어 한 마리가 물을 거슬러오고 있었다. 옳거니. 행여 그 뱀장어에게 잡아먹힐까 봐 열대어들이 제 살 길을 찾아 필사적으로 내달리기 시작한 걸 보고 그는 무릎을 쳤다. 비로소 자신이 실패한 원인을 선연히 알아차린 것이었다.

'그래, 바로 이거였어.'

그는 생각했다. 그는 어렵게 빚을 내어 다시 상선을 계약했고, 계곡의 물과 수초를 수족관에 담았으며 열대어들을 잡아넣었다. 지난번과 다른 게 있다면 딱 한 가지, 열대어들의 천적이라 할 만한 뱀장어 몇 마리를 열대어들과 함께 수족관 안에 넣었다는 점이었다.

항해는 다시 두 달 간 계속됐다. 뉴욕에 도착한 후 수족관을 열어본 그는 환호작약했다. 예상했던 대로 수족관 안의 열대어들은 너무도 생생히 살아 있었다. 소수의 열대어는 더러 뱀장어에게 잡아먹히기도 했겠지만, 대부분의 열대어들은 뱀장어가 주는 공포와 긴장감 때문에 삶을 싱싱하게 유지할 수 있었던 것이다. 생명을 지키는 것의 필수적 요소 중 하나는 적절한 내적긴장이라는 걸 그는 비로소 알았다.

우리가 '안다'고 느끼는 것들은 대부분 직관적 섬광을 통해 한순간 이미지로 본 것에 불과하다. 이미지는 따로 떨어지지 않고 그의 내면 속에서 재빨리 다른 이미지들과 관계 맺어 제3의 또 다른 이미지들을 만들어낸다. 창조란 그런 것이다. 사실적인 이미지들에게 기억이나 생각이 데려온 다른 이미지들을 통합시켜 그 두 가지와 다른, 제3의 이미지를 만드는 일.

직관은 일종의 섬광과 같은 것.

번갯불이 번쩍 하는 사이 세계의 본질을 이해하는 것이 직관이다. 직관은 예술에서 놀라운 힘을 갖고 있지만, 예술가는 직관을 '다듬어' 쓸 줄 알아야 한다. 다듬지 않은 직관은 종종 예술작품을 오히려 망치기 때문이다.

비익조比翼鳥라는 새가 있다.
암컷 수컷이 모두 날개와 눈이 하나씩밖에 없어
홀로 날지는 못하고 오직 둘이 짝지어야만 날아갈 수 있다는
전설 속의 새이다.
비익조처럼 날개가 한쪽만 있어선 안 된다.
사랑도 그렇고 예술 행위도 그렇고 삶의 경영도 그렇다.
균형 없는 미학은 없다.

스카이skye는 하늘을 가리키는 말이 아니다. 발음은 같지만 이e가 덧붙어 있는 스카이skye는 옛 아일랜드어가 원형으로, 본래 날개란 뜻을 가지고 있다. 아일랜드의 서쪽 바닷속에 남북향으로 뻗어 있는 스카이 섬은, 형태로 보나 위치로 보나 대영제국, 그레이트 브리튼의 날개라고 불러도 무리가 없다. 전장 팔십 킬로미터에 이르지만 어느 위치든 바다까지 팔 킬로미터 이상 되는 곳이 없을 만큼 복잡하고 아름다운 해안선을 갖고 있는 섬이다. 중앙부의 쿨린 구릉은 해발 일천 미터가 넘고, 호수와 삼림이 어우러져 있으며, 폐허의 빛이 넘치는 고성들이 해안을 따라 군데군데 남아 있어 시정詩情이 넘친다. 날개를 가진 것이 꼭 하늘에만 있는 것은 아니다.

나락이 영글기 시작하면 들은 황금색으로 꽉 찬다. 바람이 불면 황금색 물결이 빈자리 한 군데 없이 녹진하게 출렁거리고, 새떼들은 연신 거들먹거리면서 날아오르고, 들판을 가로질러 가는 기차는 아스라이 멀어 들의 풍성함을 더욱 부추긴다. 이상한 일은, 보릿고개의 들녘에 섰을 때보다, 나락이라도 여기저기 훑어먹을 수 있는 가을녘의 황금 들판에 섰을 때, 더 배가 고프다는 것이다. 보는 세계는 충만하고 나의 실존은 결핍투성이인 그 부조화가 나를 작가로 만들었다.

그리운 저기와,
부족한 여기 사이에,
작가인 내가 서 있다.

원래 우리의 울타리나 대문은 싸릿대로 적당히 엮어 둘러치는 가림막 같은 것이었다. 콘크리트 담장과 달리, 울타리는 바람도 햇빛도 소통이 자유로워 그냥 경계선의 표지일 뿐 이쪽 편과 저쪽 편을 나누는 단절의 벽이 아니다. 우리들은 그 알량한 문명의 편이성을 누리기 위해 얼마나 많은 담을 쌓고, 얼마나 많은 계급을 지어내고, 그것들로 하여 돌이킬 수 없는 소외의 상처를 얼마나 많이 만들어내는가.

가을이 오면 우린 창을 닫아야 한다. 외부로 열린 창을 닫는다는 점에선 위대하고 행복한 여름을 살았든, 상처투성이 초라한 여름을 살았든 모두 마찬가지다. 외부로 향한 창을 닫으면 내부로 향한 창이 열린다. 그것이 가을의 매력이다. 창을 닫고 돌아서는 가슴에 떼 지어 부는 바람 소리를 들어보라. 영혼의 우물에 그리움이 가득 고여 들었으니 그 충동에 따라 훌쩍 여행이라도 떠나보라. 그 바람 소리 그 흐르는 길에서 당신은 당신을 두고 멀리 떠나가 방황하던 또 다른 당신이 당신 자신에게 되돌아오는 것을 보게 될 것이다.

어디를 어떻게 흐르든 이미 외부 세계를 향한 사실적인 창을 닫았으니 시선은 내부로 들어오기 마련이며, 내부로 들어온 시선은 기어코 우리가 꼭 보아야 할, 산만한 여름빛 아래에선 결단코 볼 수 없었던 우리들 참된 자아를 볼 수밖에 없다. 초라할지라도, 비굴하거나 오만할지라도, 거짓투성이일지라도, 쓸쓸한 가을 저녁에 만나는 그 모습이야말로 우리들 참 자신이다. 그를 안아주라. 그러면 어떤 고난 속에서라도 우리는 다시 시작할 수 있다.

가을단풍은 혼자 보기엔 너무도 참담하고

가을바람은 혼자 맞이하기엔 너무도 쓸쓸하며,

가을하늘 또한 혼자 우러르기엔 너무도 높고 청량하다.

술을 마시지 못하는 사람이라고 포도주와 맥주와 위스키 맛의 차이를 구별 못하나요, 뭐. 포도주가 만들어지는 과정이나 포도주 안에 어떠어떠한 요소들이 배합돼 있다든가 하는 걸 잘 안다고 해서 포도주 맛을 잘 아는 건 아니라고 봐요. 포도주 맛을 참으로 알려면 포도주에 대한 정보를 쌓기보다 순수한 마음으로 포도주와 만나는 일, 순정적으로 만나는 일이 제일의 조건이 아닐까요. 섹스의 테크닉을 잘 알고 있는 사람이 오히려 진정한 에로티시즘을 모르기 쉬운 것과 같은 이치지요.

시는 진실을 나타내지 않는다, 라고 어떤 시인은 읊었어요.
슬픔의 역사를 표현하는 데 있어
텅 빈 문간, 썩은 단풍잎 한 장이면 되는 것이 바로 시의 세계지요.

가난 속에는 무엇보다 감동이 있습니다. 나는 가난하던 시절 면 잠옷 한 벌을 선물로 받고 감격해 울던 아내의 모습을 오늘날에도 자주 떠올리며 삽니다. 그 시절보다 훨씬 풍요롭게 살고 있는 지금은 아내를 그렇게 감동시킬 수 없거든요. 감동은 절대 돈으로 살 수 없기 때문입니다.

감동이 없는 삶이란 돈이 많아도 황야나 다름없습니다.

북극해의 태반은 수만 년 전부터 얼음에 뒤덮여 있었을 것이다. 북극해만을 지도에서 들여다보고 있으면 북극점은 틀림없이 그 어떤 테두리의 중심이지만, 그러나 그것은 영원한 죽음의 흰 무덤에 불과하다. 하다못해 박테리아조차 살아남을 수 없는 죽음의 중심. 우리가 북극점을 보며 떠올릴 수 있는 의미심장한 상징은 그것이다.

북극점은 우리 자신도 갖고 있다.
죽음의 북극점.

축구는 사실 의미심장한 스포츠이다. 축구는 본래 귀족들이나 다니던 영국의 이튼스쿨에서 고안되고 시작되었지만 팀워크를 중시하는 그 성격 때문에 곧 소수 엘리트들의 품을 떠나 노동자들의 스포츠가 됐다. 공은 둥글지만 정직하고, 개인이 아무리 뛰어나도 팀이 뒷받침해주지 않으면 소용없는 게 축구의 메커니즘이다. 소수 엘리트 그룹에서 시작됐다지만 곧 소외된 민중계층의 스포츠로 축구가 발전해 온 과정에 그 정직성과 팀워크의 공동체 원리가 숨어 있다.

삶은 먼 고독이다.

살아남는데 분주해 사랑이 되지 않고,

사랑이 되지 않으니 고독할 수밖에 없다.

고독은 증거도 없다. 증거할 수 없으므로 말이나 관념으로 구원하거나 나눠 가지지 못한다. 대지가 푸르고 봄꽃들이 지천으로 피고 연인들이 지난겨울보다 한껏 더 아름다워졌다 해도, 그것이 대체 뭐란 말인가. 돌아앉으면 천지간에 홀로 있을 뿐이다. 그것이야말로 존재의 본래 운명이다. 그러니 고독을 피하려고 하지 말고 덜어내려고 하지도 말아야 한다. 고독의 중심에 파묻히면 고독이 나를 어쩌지 못한다.

무엇인가를 심고 가꾸는 것보다
본성으로 돌아가는 빠른 길을 나는 알지 못한다.

저녁

–

두통엔 눈물이 명약인가

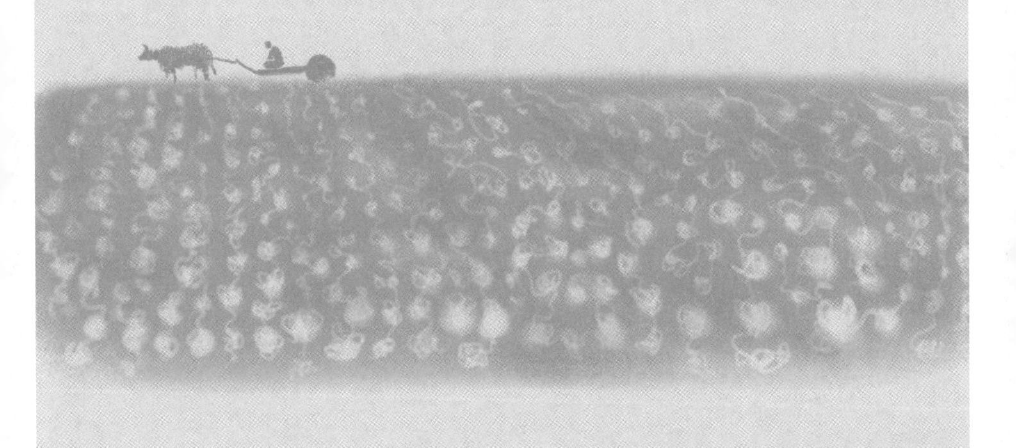

세계를 만드는 세계의 식탁들.

하나 둘, 저물녘의 식탁들이 떠오른다.

낮에는 뿔뿔이 흩어져 제 몫의 소명을 다한 가족들이 이제 돌아와 피로하지만 다감한 눈빛들을 나누며 조용조용 식탁에 둘러앉는 모습이 저기, 불 밝은 창마다 떠올라 보인다. 내 나라의 식탁들도 떠오르고 아메리카의 식탁들이 떠오르고 유럽, 남미, 아프리카의 식탁들도 떠오른다. 어쩌다 숟가락들이 밥그릇에 부딪는 소리, 어쩌다 도란거리는 소리, 또 어쩌다 수줍게, 활달하게, 따뜻하게 웃는 웃음소리도 들린다. 아니, 가만히 귀 기울여보면 나지막한 한숨 소리도 더러 들을 수 있고, 분열과 갈등의 볼멘소리, 분노에 찬 고함 소리도 더러 들을 수 있다. 그러나 그렇다고 해도, 지구촌 구석구석에서 매일매일 연출되고 있는 저 수많은 식탁의 정경보다 더 아름다운 사람살이의 풍경을 나는 알지 못한다. 아름답고 눈물겹다. 세계의 구석방까지 도미노로 저녁불이 켜질 때의 식탁들이야말로, 최고 최선의 감동이며 선적禪的 그림이다.

아프리카를 여행할 때의 일이다.

사하라 사막의 한편을 지나다가 가난한 베르베르족 양치기 노인과 키 작은 소녀를 만난 적이 있다. 노인과 소녀는 맨발이었다. 황혼이었고, 찬 모래바람이 불었다. 스무 마리쯤의 양을 몰고 구멍이 숭숭 뚫린 천막집으로 돌아가는 노인에게 안락한 잠자리, 황금색 가구, 빠른 자동차 따위를 분별없이 떠올리며 내가 물었다.

"가장 바라는 게 있다면 무엇입니까?"

"오늘 저녁 조금이라도 비가 내려, 풀이 좀 더 자라서, 내 양들이 내일 배불리 먹을 수 있기를 바랄 뿐이오."

노인은 선홍색으로 물든 하늘을 올려다보며 조용히 대답했다.

굳이 종교를 하나씩 가져야 한다면, 때론 힌두교도가 되고 싶다. 히말라야 연봉이 줄지어 올려다뵈는 네팔 카트만두에 갔을 때, 생식과 채식을 관장하는 삼지창의 소유자인 위대한 시바 신을 비롯해 비슈누, 루드라, 바루나, 크리슈나, 가네샤 등 몇몇 힌두의 신들을 알았다. 힌두교에선 이름이 있는 신만 해도 3천이 넘는다. 지나가는 바람에게도, 흐르는 물에게도, 구르는 돌멩이 하나에도 신이 깃들어 있다고 그들은 믿는다. '네 몸이 신들로 가득 차 있다'고 노래한 밀라레파도 본래는 힌두인이었다. 파괴를 다스리는 시바 신은 무섭지만, 시바 신의 아내 중 하나인 칼리 여신은 아름답고 섹시하기 이를 데 없다. 반구의 오동통한 가슴을 지닌 여신들의 일부는 짝이 없는 남신을 위해 후대로 내려오면서 의도적으로 만들어지기도 했다고 한다. 힌두인들에겐 석가모니도 수많은 신들의 하나일 뿐이다. 자연과 더불어 살고 우주의 리듬에 몸을 맡기는 힌두인들의 마당은 무한히 넓다. 그 오지랖 넓은 마당에서 남은 생애, 어린애처럼 놀고 싶다.

오랜 세월 동안, 인간의 유한성을 극복하고
영원히 살기 바랐던 힌두인들 눈으로 보면,
무거운 고통도 투명하고 맑고 가벼운 영혼을
얻어내기 위한 방편의 하나일 뿐이다.
요컨대, 그들은 고통을 통해 무겁고
잔인한 유한성의 사슬을 끊고자 하는 것이다.

멀리 왔을 때 비로소 가까이 보이는 것들이 있다. 히말라야 가파른 산길을 걷고 있을 때, 어느 먼 바다의 복사꽃 피어 있는 굽잇길을 흐를 때, 용인 변방에서 흐드러진 봄을 홀로 엎드려 맞이할 때, 그리고 한밤중 어머니 무덤가에 앉아 담배 한 대 피워 물 때, 비로소 가족과 이웃들과 짐꾼같이 살았던 어버이의 결핍이 또렷이 보인다. 위태로운 내 조국도 또렷이 보인다.

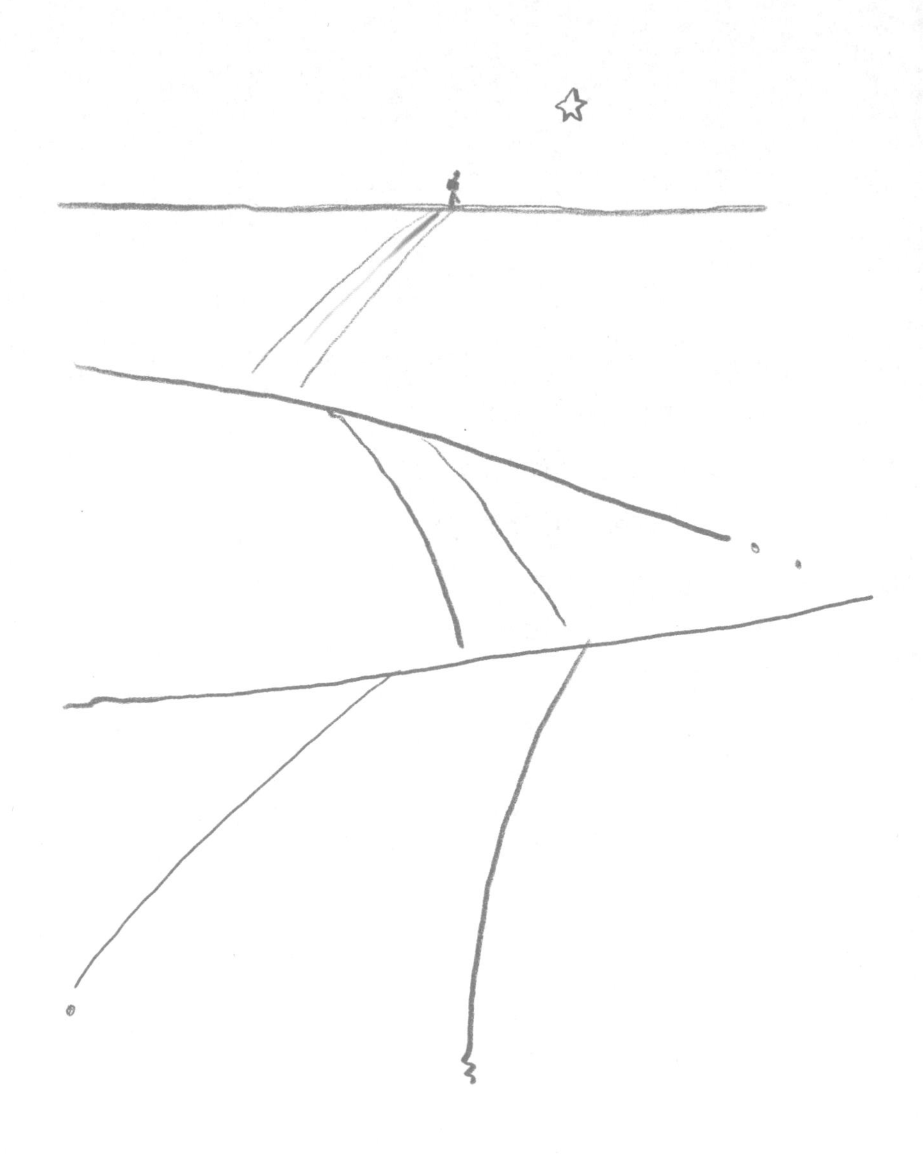

산으로 가는 회귀의 마음은
새로운 탄생으로의 회귀일 수 있다.
왜냐하면 산이 품고 있는 자궁은
곧 본성이기 때문이다.

세계의 지붕이라 일컬어지는 히말라야에 가면 '샹그릴라'라는 말을 종종 듣는다. '샹그릴라'는 본디 히말라야 지방의 토속어에서 유래한 말로, 그 뜻은 '언덕 저쪽'이다.

우리에겐 이상향의 은유로서 '이어도'가 있듯이, 히말라야에 사는 사람들은 생로병사도 없고 가난뱅이와 부자의 구분도 없고 숙명처럼 굳어진 카스트 제도의 계급도 없는 꿈같은 곳을 '샹그릴라'라고 부른다. 다른 것이 있다면 우리의 이어도가 찾아가기 어려운 바다 너머에 있는 것과 달리, 그들의 '샹그릴라'는 살굿빛 길만 돌아가도 만날 수 있는 '언덕 저쪽'에 있다는 사실이다. 햇빛 좋은 날 밭에 나와 일하다가도 선뜻 일어서 호미나 괭이를 든 그대로, 이웃집으로 마실을 가듯이 걸어 언덕만 넘어가면 영원히 늙지도 죽지도 않는 그곳에 도달할 수 있을 것 같다. 히말라야는 그런 곳이다. 샹그릴라가 언덕 저쪽에 있는.

힌두교에선 일생을 네 주기로 나누어 산다. 젊은 날엔 학생기學生期로 주경야독 배우고 익히며, 철이 들면 가주기家住期로 결혼해 식솔을 위해 밤낮없이 일하고, 자식이 성년이 되면 임주기林住期로 모든 걸 자식에게 물려준 뒤, 먼 숲에 들어가 나물 먹고 물 마시고 팔을 베고 누웠으니 대장부 살림살이 이만하면 족하도다, 하는 식으로 자연과 더불어 살고, 죽음이 가까우면 유행기流行期로 성지순례를 다니다가 아무데서나 홀로 정갈하게 쓰러져 죽는다. 힌두의 신들은 스님들처럼 혼자 사는 법도 없다. 젖가슴이 둥글게 솟아오른 섹시한 마누라들을 여럿 거느린다. 나는 절의 중도 되기 싫고 일요일마다 성당에 가기도 싫다. 종교를 가져야 한다면 힌두교도가 되고 싶다.

장마가 지는 여름의 금강이 떠오른다.

내게 생명을 주고 내 생명을 키운 게 금강이다.

홍수가 지면, 어머니 품속보다 더 웅장하던 강물이 온통 황톳빛으로 뒤집혀 휩쓸고 흐르면, 강 건너 개펄은 어느새 온데간데없고 천지가 온통 황톳빛이다. 어떨 땐 집이 두둥실 떠내려오기도 하고 또 어떨 땐 소나 돼지가 떠내려오기도 하고 또 어떨 땐 꿈 많은 소년이 품속 깊이 간직하고 살았음직한 예쁜 뿔필통이나 앙증맞은 나팔이 강물에 실려 떠내려오기도 한다. 한번 분노하고 말면 아무도 그 강에 대적할 자가 없다. 내 집을 버릴 수 없다면서 두둥실 떠내려 오는 초가집 지붕 위로 올라앉아 버티던 농부의 모습이 상기도 뚜렷하다. 뒤집힌 황톳빛 강물과 두둥실 떠내려오던 그 초가 위의 농부 얼굴은 얼마나 닮아 있던가. 그 황토색이야말로 고단했던 근세사를 강인하게 헤치고 나와 자랑스런 모습으로 지금 나를 품고 있는 내 조국의 맨살이고 맨 얼굴빛이다. 금강은 곧 우리의 역사, 우리의 얼굴이다.

금강 빛깔이 수의 같구나. 수의를 수의壽衣로 해석하든, 수의囚衣로 해석하든, 수의授衣로 해석하든, 그런 건 상관없다. 시체가 입는 옷과, 죄수가 입는 옷과, 겨울옷을 준비하는…… 그 이미지들은, 자의식으로 보면 기실 경계가 없다. 강은 날씨에 따라 밝은 회색이기도 하고 누르께한 황톳빛 섞인 회색이기도 하고 검은 회색이기도 하다. 금강은 천 개의 마음을 닮았다.

내일……은 희망의 속임수이다.

시간은 연속성을 가질 뿐, 오늘과 내일이라는 식으로 쪼개질 수 없다. 내일이라는 낱말은 고단한 세상에 사는 우리들이 우리 자신을 속이기 위해 교묘히 지어낸 사술詐術의 한 징표일는지 모른다. 내일이 없다고 말하려는 게 아니다. 내일이라는 말에, 그 핑계에 슬그머니 내 삶을 얹어놓고 싶은 우리들 삶의 무게가 그렇다는 것이다.

나는 아마 땅거미가 내릴 때쯤 손수 차를 운전하여 길을 떠날 것이다. 되도록 문명의 불빛을 피하여 달리다가 밤이 아주 깊어지면 떡갈나무 숲으로 혼자 들어가 바스락대는 젊은 낙엽들 위에 가만히 누워 별을 올려다볼 것이다. 그때쯤 나는 아마 수만 광년 떨어진 별들 사이를 막힘없이 여행하기 시작할 것이다. 서북간으로 자리를 옮겨간 카시오페아도 만나고, 아름다운 안드로메다도 밟고 가고, 페르세우스의 근육으로 뒤덮인 팔뚝에도 매달려볼 것이다. 그리고 무엇보다 세상의 한낮을 통과하느라 너무도 멀리 밀쳐놨던 내 본성, 본래의 나와도 만나 한통속이 되어 놀 것이다.

삶은 길을 따라 흐른다.

시간의 길도 있다.

초등학교 시절 내가 최초로 진지하게 학습했던 것은 갈라지고 맺어지며 끝없이 뻗어나가는 들길이었다. 아니 들길이라기보다 논두렁길이다. 마을에서 초등학교까지는 가장 빠른 논두렁길로 2킬로미터. 어머니는 처음에 빠른 길을 학습시켰지만, 길에 익숙해지고 나서부터 나는 매양 스스로 등교길을 바꾸어 다니곤 했다. 그래서 등교길은 마음먹기에 따라 2킬로미터가 되기도 하고, 3킬로미터, 또는 4킬로미터가 되기도 했는데, 고무줄처럼 늘었다 줄었다 하는 그 들길은 나에게 다채로운 시행착오의 경험과 더불어 고무줄 같은 상상력을 안겨주었다. 상상력은 늘었다 줄었다, 그 제한이 없다.

밀란 쿤데라는 빠른 것과 느린 것의 이분법을 통해, '뛰어가는 자는 자신의 육체 속에 있다'라고 말했다. 뛰어가는 자는 자신의 육체 속에 있으며, '끊임없이 자신의 물집들, 가쁜 호흡을 생각하는 수밖에 없다'라고. 내 육체에도 층층이 쌓여 터지기 직전이거나 이미 터진 '물집'들이 많다. 걸음걸이는 '물집'의 호흡에서 벗어나 있고, 빈둥거림과 다른, '행복한 느림'의 호흡에서도 벗어나 있다.

밀란 쿤데라는 이미 현대문명 속에선 사라져버린 '행복한 느림보'들이 '신의 창'을 바라본다고 썼지만, 내 앞에서 멀어져가는 또 다른 나의 보폭은 빠르지도 느리지도 않게, 지금 신의 창으로 들어가고 있다.

나는 거의 평생 오로지 '신의 창'에 깃들고 싶었다.

이효석이 쓴 「메밀꽃 필 무렵」에서, 우리는 시속 십여 킬로미터 미만의 달구지 속도와 함께 간다. 흐드러지게 핀 메밀꽃 밭과 시릴 만큼 맑은 달빛과 이랑을 쓰다듬고 지나가는 부드러운 바람을 한통으로 만난다. 이미 부토腐土 되어버렸음직한 성서방네 처녀와의 하룻밤 꿈 같은 사랑도, 천천히 굴러가는 달구지 위에서는 얼마든 오늘의 체험으로 재현시켜 그 위에서 할 수 있다. 동행하는 이의 눈빛은 물론 잘하면 그의 가슴속까지 볼 수 있다. 아니 어찌 동행하는 자뿐이겠는가. 엇갈려 가는 자와도 어이, 하고 손 번쩍 들어 인사하고, 눈빛과 눈빛으로 내밀한 교감도 막힘없이 나눌 수가 있다. 만남과 소통이 사통팔달하니 '메밀꽃 필 무렵'의 달구지 위에선 혼자 있을지언정 외롭지 않고 불안하지도 않다. 그 속도로 흘러야 사랑이 머물 수 있다.

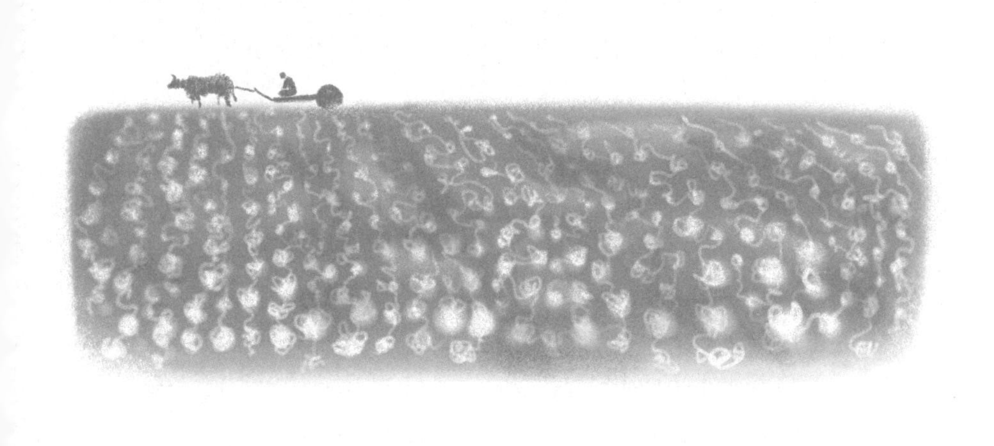

시속 100킬로의 속도에선 사랑이 불가능하다.

꽃나무도 몸이 부실하면 다른 꽃나무보다 더 서둘러 꽃을 피우고, 그리고 열매 맺습니다. 언제 죽을지 모른다고 느끼면, 열매부터 맺고 보자, 그런 심사가 되거든요. 생명의 본향이 본래 그렇습니다.

두통엔 눈물이 명약이다.

두통은 생의 무게에 짓눌린 실존 속에 그 병인病因이 있을 터, 눈물은 나룻배를 떠받치는 강물처럼 생의 무게를 덜어내는 데 효과적이라고 믿는다. 눈물은 고통이지만, 생의 무게를 견디느라 생긴 병엔 차라리 눈물이 정화제가 될 수 있다는 것이다.

히말라야 어느 산협에 앉아 쉬다가, 내 눈앞을 지나가는 당나귀들을 보고 그만, 뜨겁게 운 적이 있다. 평생 히말라야에서 가파른 산을 오로지 짐을 지고 오르내리는 히말라야 짐꾼 당나귀들은 보통 짐에 눌려 등이 다 해어져 있다. 가파른 길을 오를 때 당나귀들의 발은 내딛는 한 발 한 발, 힘에 겨워 파르르르 떨린다. 내가 운 것은 그런 히말라야 당나귀 모습에서 불현듯 어머니와 아버지를 떠올렸기 때문이다. "아, 나의 어머니와 아버지는 살아생전 히말라야 당나귀였어!"라고, 나는 울면서 중얼거렸다.

사랑이 주는 행복은
바구니에 담기지 않는다.

성 소피아 성당의 위층으로 올라가는 어귀에 서 있는 대리석 기둥엔 엄지손가락 하나쯤 들어갈 만한 구멍이 나 있는데, 언제부터인가 사람들은 그 대리석 기둥을 '눈물을 흘리는 기둥'이라고 불렀다. 성 소피아 성당을 짓도록 명한 유스티니아누스 황제는 어느 날 머리가 몹시 아파 이 기둥에 잠시 이마를 대고 있었다.

기둥의 구멍에선 맑은 물이 조금씩 흘러나왔다. 기둥에 이마를 댔다가 떼었을 때, 두통이 말끔히 사라졌을 뿐 아니라 날아갈 듯이 온몸이 가뿐해진 걸 황제는 느꼈다. 대리석 기둥의 눈물이 황제의 머리를 맑게 씻어놓았던 모양이다. 대리석이 흘리든 사람이 흘리든, 알고 보면 눈물의 힘은 이렇게 강하다.

제야의 종소리가 울린다.

종을 치고 예포를 울리는 것은

우리들의 의식일 뿐,

정작 시간의 본질과는 아무 관련이 없다.

시간은 다만 흘러갈 뿐이다.

밤

–

우주의 끝이 보였다

모든 별들이 너무도 가깝다.

가깝게 느끼면 모든 게 가까워진다.

사람 사이도 그렇다.

사람 사이의 거리처럼 주관적인 게 없을 것이다. 그가 멀다고 느낀다면 실제 그가 당신에게서 멀어진 게 아니라 당신이 그렇게 느끼는 것뿐이다. 그를 가까이 느끼라.

망원경으로 보는 우주는 우주의 한편에 불과하지만, 깊은 밤 홀로 누워 눈감고 마음을 열었을 때, 수십 광년 떨어진 별들이 다투어 내 가슴으로 뛰어들어오는 놀라운 경험을 혹시 한 적이 있는가. 마음으로 보면 무엇이든 그것의 전체를 볼 수 있다.

좋은 작품은 좋은 것의 '전체'이지 '집합체'가 아니다.
항상 '전체'가 되게 해야 한다.

몇 년 전 가을의 일이다. 정선과 영월 지방을 혼자 여행하다가 자정 너머 어떤 고갯길에 차를 세우고 하늘을 올려다보았더니 놀랍기도 하지, 수천의 별들이 쏟아져 내리는데, 그 많은 별들 중에서 내 별이라고 생각되는 '내 별'이 정말 또렷이 보이는 게 아닌가. 또 다른 내가 그 순간 내 별에서 열심히, 사랑하면서 살아가고 있었다. 내 아내, 내 친구, 내 동료들의 별은 내 별에서 모두 수만 광년씩 떨어져 있었다. 나는 남몰래 눈시울을 붉혔다. 지구의 나와 내 별 위의 나는 너무 멀어서 도저히 가 닿을 수조차 없는 아득한 거리였다.

세계의 밤은 모두 어디에서 오는가.

그이는 축축한 검은 옷을 입고 깊은 우물 밑에 숨어 있다가, 해가 지면 슬그머니 지상으로 올라와 저기, 사철나무 희푸른 그늘에다가 커다란 검은 물레 같은 걸 떠억 갖다 놓는다. 그리고 장대보다 긴 팔로 천천히, 신중하게 물레를 돌려서, 마치 연기를 피우듯이, 온 세상으로 먹물을 피워놓는다. 밤이 그렇게 그이의 물레에서 세상 끝까지 퍼져 나간다. 그게 밤의 실체라고 할 수 있다.

그리고 새벽이 오면 그이는 밤새 돌렸던 물레를 거꾸로 돌리기 시작한다. 세상 속으로 퍼져 있던 먹물이 다투어 물레에 딸려 본래의 제자리로 돌아오고, 먹물이 빠져나간 자리마다 빛이 터를 차지해 자리를 잡는다. 그게 아침이다. 그런 다음, 그이는 햇빛을 등지고 우물 밑으로 내려가 은밀히 몸을 숨긴 채 고요한 휴식에 빠져든다.

그이는 사실은 키가 하늘에 닿고
어깨넓이가 지평선보다 넓지만
항상 자신의 높이와 넓이를 다 보여주지 않는다.

겨울밤이 좋은 것은
긴 겨울밤이 우리를 진실로
혼자 있게 만들기 때문이다.

혼자 있을 때 나는 편지를 쓴다.

열정이 없으면 밤마다 긴 편지를 쓰지 못한다.

그리움이 깊으면 별이 되는 것일까. 저기, 황금빛 수만 광채의 아침빛 한가운데, 할머니의 백발 같은 새벽별이 떠올라 있다. 나는 저런 별이 좋다. 저런 별을 보면 가슴에 푸른 강물이 속수무책 차올라 숨이 턱 막힌다. 할머니의 백발 한 점이 저 별의 중심, 세계의 중심일는지 모른다. 바라노니, 언젠가 나는 한사코, 저 별에게 가야겠다.

에베레스트의 티베트식 이름 '초모룽마'는 고대 산스크리트어에서 유래한 말로 '신들의 어머니 신神'이라는 뜻을 포용하고 있다. 근처의 스카이라인은 만년빙하가 쌓여 모두 하얗지만 에베레스트 봉우리만은 오히려 검은빛을 띠고 있다. 너무 높아 눈이 달라붙기 어렵기 때문이다. 높은 것은 고독한 것이다. 히말라야 14좌를 무산소로 최초 완등했던 라인홀트 메스너는 말하길 '정상이란 모든 선이 모여드는 곳'이라 했는데, 그 말은 곧 '정상이란 모든 선의 시발점이 된다'는 말도 된다. 앞서 간 자가 남긴 지도가 따로 없으니, 정상은 얼마나 고독하겠는가.

북쪽 창을 통해 보이는 어둠에 묻힌 산들은 그 형체가 이미 사실성을 떠나 있다. 저 산들을 보라. 저것은 이승이라도 이승이 아니다. 초월적인 그 무엇이다. 그러나 고개를 돌려 남쪽 창으로 내다보면 불 켜진 마을의 집집마다 밝은 창들이 보인다. 단란하다. 저것은 북쪽 창으로 내다보이는 초월적 풍경과는 다른 정경이다. 저 불빛 속엔 따뜻한 사랑도 있고 어두운 상처와 한숨도 깃들어 있다. 어떤 때 나는 북쪽 창을 통해 초월의 세계로 가고 싶고, 어떤 때 나는 남쪽 창을 통해 마을의 따뜻한 불빛 속으로 성큼, 가고 싶다. 용인시 양지면 대대리, 이 외진 '한터산방'에 앉은 채, 나는 그 두 개의 지향 사이에 속수무책 좌초해 있다. 망집妄執의 사슬 끊지 못했으니 아직 초월의 산으로 들 수 없고, 무리와의 향기로운 길을 온전히 열지 못했으니 사람들의 창 안쪽으로 갈 수도 없는 것이다. 지난한 게 목숨 자리라 할 것이다.

사람에게는 두 가지 고독이 있다.
하나는 생로병사生老病死로 이어지는
유한성의 존재론적 고독일 것이고,
또 다른 하나는 무리와의 관계에서 만나는
사회적 고독일 것이다.

무리는 체제를 만들고 체제는 주체와 대립한다. 양립할 수는 없다. 나는 늘 그 양쪽에 모두 사다리를 놓아야 한다는 강박에 시달린다. 체제를 만드는 무리를 등지면 불안할 뿐 아니라 외롭고, 체제를 실천하는 무리 속으로 들면 안정되겠지만 고유한 순정의 유지가 불가능하다. 이럴 수도 없고 저럴 수도 없다. 무리와 주체의 관계는 그러므로 평생 나의 고통이었다.

당신도 그렇지 않은가.

여기는 먼 변방, 물리적으로 무리를 등진 변방의 이 외딴집에서도 비 내리는 한밤중, 산새들의 날갯짓 분주한 신새벽, 환한 대낮, 나는 혼자 앉아 저기, 사람 사는 세상의…… 무리를 본다. 무리의 체제를 본다. 저기로 가는 새 길을 낼 수는 없을까. 소통…… 이라고, 아니 회한으로 죽을지언정 주체로서의 내 고유한 꿈은 버리진 않을 거야, 라고 나 자신에게 중얼거려본다. 나는 이중적이다. 이런 내적 분열은 기실 선험적인 것이다. 나는 내 통찰력과 실천적인 헌신으로 이것을 이기고 싶다. 이것을 통합하고 싶다.

물과 술은 사실 한 끗 차이다.
미음을 시옷으로 바꾸면 물이 술로 변한다.
미음의 발음은 뭔가 밋밋하고 시옷의 발음은 변화가 느껴진다.
마음 한켠에 연지곤지를 찍는 느낌이다.

'꽃 사이에 앉아 혼자 마시자니
달이 찾아와 그림자까지 셋이구나
달도 그림자도 술은 마시지 못하지만
그들과 더불어 이 봄밤을 즐기리
내가 노래하면 달도 하늘을 서성거리고
내가 춤추면 그림자도 춤을 춘다
이리 함께 놀다가 취하면 헤어지니
담담한 우리의 우정
다음에는 운하 저쪽에서 만날까'

주선酒仙이라 일컬어지는 이태백의 시 「독작獨酌」을 번역한 것이다. 달빛 아래 혼자 취해서 노니는 이태백의 영혼 속엔 자연과 인간, 나와 내면적인 자아 사이의 행복한 합일이 깃들여 있다. 술이 아니고선 그 무엇으로 이 변화무쌍하고 기계적인 세상에서 이처럼 충일하고 아름답게 대상과 주체를 결합시킬 수 있겠는가.

밤기차가 떠난다.
밤기차는 공간을 흐르는 것이 아니다.
흐르는 건 기차가 아니라 시간이며,
시간은 언제나 먼 시간에서 와
먼 시간으로 흘러간다.

그리움이 가슴에 남아 있다면서,
사랑하는 여자를 떠날 수밖에 없게 만드는
어떤 남자의 진실은 무엇이며,
사랑한다고 생각하면서
다른 남자의 품안에 들어 종종 옷을 벗는,
어떤 여자의 진실은 무엇인가.

섹스는 현실적이다. 우리가 사랑이라는 이름으로 부를 때 그것은 현실적인 대상까지를 환상적으로 만들지만, 섹스라고 부를 때 그것은 환상적인 대상까지를 아주 현실적으로 만들어버린다.

여자의 사랑은 보통 영혼으로부터 감각으로 옮겨가지만, 남자의 사랑은 일반적으로 감각으로부터 영혼으로 옮겨간다. 그러므로 여자와 남자는 사실 같은 시간대에 만날 수가 없는 분리된 존재라 할 수 있다.

꽃들과 꽃들은 합쳐 열매를 맺고, 한낱 흉측한 미물인 지렁이조차 제 한 몸에 암수를 갖춰 때가 되면 생명과 생명 그리고 잘 합쳐 하나 되는데, 인간만이 홀로 천지간에 고독을 견디며 살고 있다.

사랑의 배신에 대한 복수의 길은 없다. 사랑의 배신에 복수하기 위해서는 상대편을 더욱 사랑할 수밖에 없으므로, 설령 죽인다고 하더라도 그건 이미 복수가 아니다.

죄를 짓지 않고 사랑한다는 걸 상상할 수 없다.
사랑은 불이고 악마다.

사랑은 성찬이므로
무릎 꿇고 받아야 한다는 둥 하는 말은
속임수가 틀림없다.

우리가 무릎 꿇을 때 사랑은 우리에게 젖값을 요구한다. 최종적으로는 우리의 목숨까지도.

사람들은 나날이 죽음을 품고 살되 결단코 영원의 심지를 제 가슴에서 아예 빼내버리지 않는다. 고통이 깊을수록, 죽음이 가까울수록 오히려 영원을 꿈꾸는 게 인간이다. 영원이라는 말이야말로 사람의 영혼에 박혀 있는 심지라고 할 수 있다.

별에게도 생로병사가 있다.

별의 죽음은 블랙홀이 되는 것. 블랙홀이 되기 직전, 마지막 단계에서 별은 오히려 더 밝아지는데, 초신성이 바로 그것이다. 죽기 전에 수만 배의 광채를 뿜내는 것으로 별은 자신의 죽음을 예시한다고 할 수 있다. 그 이후는 블랙홀이 되어 영원한 어둠이 된다. 블랙홀이 되고 말면 그 안에서 어떤 빛조차 빠져나올 수 없다. 초신성이 아니라, 블랙홀이야말로 영원하다. 우주의 중심에 뻥 뚫린 검은 구멍인 별의 주검.

죽음이란 다시는 못 올 길로 떠나는
황홀한 추락이 아닌가.
살아서 만나는 비굴한 추락보다
얼마나 더 장엄한가.

차갑지만 당당하고 어둡지만 깊은 것이 죽음이다. 죽음의 맨얼굴이 그렇다. 그리고 모든 죽음은 이윽고 '탄생의 바르도'로 다시 이어진다. '바르도'는 거꾸로 매달린 틈과 같은 시간을 가리킨다. 영속적인 시간이란 직선이 아니라 원형이라는 것이다. 불교적 세계관으로 볼 때, 죽음은 탄생의 가까운 이웃이라 할 수 있다. 존재의 운명은 죽음의 바르도-다르마타의 바르도-탄생의 바르도-일상의 바르도, 그리고 다시 또 죽음의 바르도의, 그 순환에 담겨 있다.

어느 날 고흐는 면도날을 들고 앞서가는 고갱의 뒤를 쫓았습니다. 그를 너무나 사랑했으므로 내부에서 생살을 찢고 올라오는 격정을 고흐는 참을 수가 없었습니다. 고갱은 고흐가 무서워 그날 밤 고흐와 함께 살고 있는 '노란집'으로 돌아가지 않고 호텔로 가서 혼자 잤습니다. 고흐는 고갱이 왜 '노란집'으로 돌아오지 않는 줄 알았습니다. 사랑하는 고갱이 결국 노란집의 자신을 버리고 떠날 걸 고흐는 알고 있었습니다. 고흐는 자신의 귀를 잘라 종이에 싸서 평소 고갱과 가까웠던 창녀에게 주고 돌아와 남루한 침대에 쓰러져 누웠습니다. 고흐가 빈사 상태에서 발견된 것은 다음 날 아침이었습니다.

고흐는 동생 테오에게 보낸 편지에서,
진정한 화가는 '캔버스를 두려워하지 않는다'라고 썼다.
'캔버스가 화가를 두려워한다'라고.

나는 쓰고 싶다. '원고지가 나를 두려워한다' 라고.

진정한 용기는 물리적인 힘에서 나오는 게 아닙니다.
진정한 용기는 본질에서 나옵니다.

내가 그리운 곳은 광장이 아니라, 부드러운 양수에 둘러싸여 온몸을 순행 원리에 따라 구부러지는 쪽으로 구부리고, 배꼽으로 숨 쉬며, 눈은 닫고 귀는 여는, 어머니, 옳다고도 그르다고도 말하지 않는 무기無記의 자궁 속, 깊고 깊은 골방이다.

추석이 되면 읍내에서 장사하던 아버지가 이십 리 구불구불한 둑길로 자전거를 타고 돌아오시곤 했다. 나는 아침부터 동구에 나가 아버지의 자전거를 기다렸다. 먼 곳의 아버지는 하나의 점에 불과하지만 가까이 다가올수록, 비로소 자전거가 보이고, 바퀴가 보이고, 페달을 밟는 아버지의 발이 보이고, 그리고 손잡이를 잡은 아버지의 손이 보였다. 아버지는 매번 동구 밖까지 나와 당신을 기다리던 나를 위해 자전거를 멈춰 세우는 법조차 없었다. 내 인사에 고개만 끄덕, 하시고 내처 페달을 밟아 집으로 가시기 때문에, 어린 나는 늘 다리가 찢어져라 자전거 뒤를 쫓아 달려야만 했다. 아버지의 자전거가 나의 가슴, 나의 중심을 관통해 쓰윽 지나는가는 것이 이를테면 나의 추석명절이라고 할 수 있었다.

아, 지금도 나의 가슴 한가운데
그리운 아버지의 자전거가 지나가고 있다.

추석 달은 완전히 차 있고 완전히 부드럽다. 추석 달빛 아래 세상을 내다보면 높고 낮은 층하가 분명하지 않고 멀고 가까운 원근도 흐릿하다. 멀든 가깝든, 그리운 것들이 모두 한데 섞여서, 내 아버지의 자전거처럼 부드럽고 충만되게, 우리들 영혼의 안뜰을 가로질러 온다. 그게 추석의 만월이다. 그러므로 팔만대장경에도 이르기를 '달은 사람의 본성이다'라고 했을 것이다. 우리의 본성이 충만한 달처럼 본래는 차 있었다는 뜻도 된다.

사멸의 초상이 슬프다는 건 관념이다.
고사목은 슬프지도 쓸쓸하지도 않다.
저기, 스러지는 전각들도 그러하다.

사람이 잘되고 못됨은 곳에 딸리고 땅의 성하고 쇠함은 시절에 관계된다 했던가. 가야산은 어디어디 해봐도 해인사가 자리잡은 동남방이 가장 빼어나다. 일주문 문지방을 밟고 서서 저만큼 마주선 봉황문鳳凰門과 그 너머 눈 덮인 전각들 지붕 끝을 바라보라. 모든 살고 죽은 것들의 사멸이 이로써 완벽하게 가려진다. '큰 바닷물 다 마실 수 있고 이 세상 티끌 다 헤아려 알고.' 가야산은 그 골이 깊고 궁벽하여 예로부터 전란의 참화조차 미치지 않았다고 전한다. 골 깊은 산사에 가면 나마저도 사라지고 만다.

본래의 자기 자신을 순금이라고 스님은 생전에 말했다. 욕망이 마음의 눈을 가려, 한 기틀과 한 경계가 혹은 사로잡고 혹은 놓아주니 아수라阿修羅는 합장하고 보살은 결국 성낸다는 것이다. 나는 성철스님을 알지 못하나 성철스님의 말을 알고 있다. 나는 한 기틀과 한 경계의 아수라를 일러, 아 자신을 가리켜 좌청룡 우백호가 아니라 좌左변덕 우右질투요, 했다. 내 별명 '좌변덕 우질투'가 내 목숨의 본값이다. 이것을 어떻게 하겠는가.

'변덕'은 심안心眼이 트이지 않아
중심이 없으니 자주 나를 찢어발기고,
'질투'는 온갖 욕망에 쫓기어
시시때때 삶의 속도를 올려놓으니
망령되어 내 눈에 들보를 박아 넣는다.
성철스님인들 그걸 어찌하겠는가.

생명 가치는 본래 서열이 없다.

떨림과 삼가함이야말로
인간에 대한 외경감의 발로.
떨림과 삼가함을 가져야
비로소 '사람'이라 할 수 있다.

새벽

–

우리 모두 '사람'이다

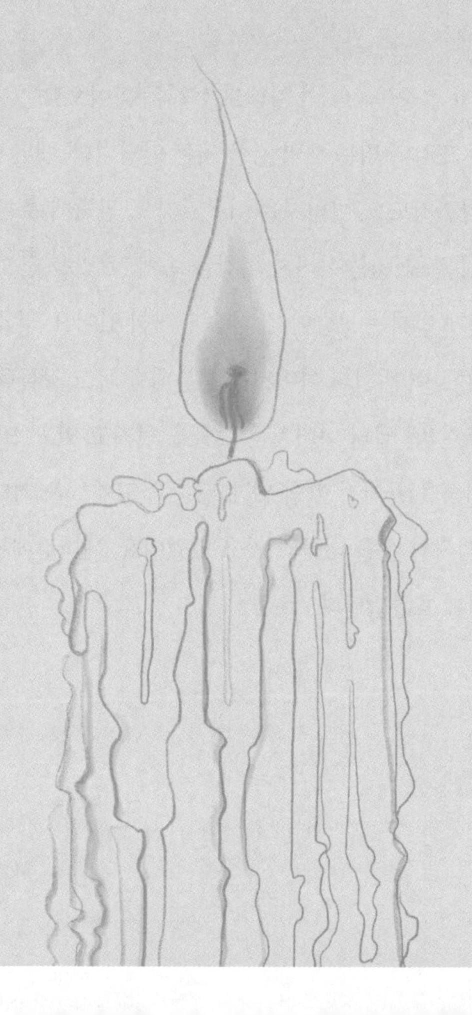

은 · 하 · 똥은 은하수의 똥이다.
은하수의 똥이라니,
얼마나 아름다운 흰빛일까.

새벽안개가 정중동靜中動의 자태로 설레듯 피어오르는 그 사이사이로 언뜻언뜻 드러나 뵈는 새벽 강을 저는 안답니다. 댓잎처럼 시리고 푸른 그 속살까지도요. 아버지는 어부였지요. 팔뚝에 푸른 정맥이 툭툭 불거져 나온 힘 좋은 아버지가 강물 속에 두 발을 굳게 박고 서서 그물을 힘차게 던지는 모습이 내 가슴에 찍혀 있어요. 몇 살 때였는지는 모르겠어요. 어떤 날의 아버지는 통통배를 몰고 강물을 거슬러 올라가고 있고, 어떤 날의 아버지는 그물을 던지고 있고, 또 어떤 날의 아버지는 어죽을 끓이려고 힘 있게 뛰는 물고기들을 커다란 함지박에 담아 씨억씨억 손을 내둘러 씻고 있었어요. 새벽강에는 아버지의 정중동이 함께 흐른답니다.

젊을 때 나는 '성공'하고 싶었다. 그러나 흐르는 시간을 온몸으로 느끼며 서 있는 두 가지 길의 가운뎃점에서 보면, 우리가 '성공'이라고 부르는 것들과 우리가 '실패'라고 부르는 것들 사이엔 아무런 경계와 층하도 없다. 그것은 주입된 '가짜 욕망'이 만들어낸 신기루 같은 것.

시간은 잔인하고 매몰차서 이제 원점으로 돌아갈 수는 없다. 무엇이 시간을 이길 것인가. 금강석처럼 단단하다고 믿던 사랑조차 시간의 강물에 씻기다 보면, 날카로운 긴장은 마모되고 투명한 것들도 탁해지게 마련인데.

겨울이 깊어질수록 모든 건 조금씩 낮아진다.

지붕들도 낮아지고

사람들도 낮아지고 집짐승들도 낮아진다.

낮아지는 것이야말로 아름답다.

오체투지는 경의를 표시하는 예법의 하나이다.

먼저 두 무릎을 땅에 대고, 그 다음 두 팔을 땅에 대고, 마지막으로 머리를 조아려 땅에 댄다. 그게 오체투지다. 불교인은 물론 힌두교인들에게도 이 오체투지는 예법의 하나일 뿐 아니라 고행의 한 상징이다. 어떤 힌두인들은 자기 고향에서부터 수백수천 리 머나먼 성지 바라나시 강까지, 혹은 티베트 불교의 중심 라사까지 오체투지로 온다. 인도의 땅끝에서 라사까지, 히말라야 산맥을 넘어 오려면 십수 년 이상 걸릴 수도 있다. 비가 오나 바람 부나 눈이 오나, 영원한 이상을 향한 갈망은 멈추지 않는다. 길은 길로 이어져 끝이 없다. 카르마를 쓸어가는 가장 커다란 빗자루가 고통이라는 말을 그들은 믿는다. 무릎이 해지고 손가락은 닳고 닳아 지문이 없어지기도 한다. 그래도 순례는 계속된다. 고통이 깊으면 깊을수록 본성은 살아나고 본성이 살아나면 윤회의 사슬을 끊어낼 수 있기 때문이다.

오체투지는 삶의 유한성에 대한
가장 치열하고 장엄한 반역이라고 할 수 있다.

결핍은 결핍에서 끝나지 않는다.
결핍돼 있다고 느끼면
그것은 곧 타는 듯한 상처가 될 것이고,
그 상처를 통해 그는 결핍을 채우려 할 터이다.
그러니까 결핍은 곧 충만과 맞물려 있는 셈이다.

유일한 사랑이 없다면 청춘이 아니다.

돌이켜보면, 이십대의 내 청춘이 비록 어둡고 남루하기 그지없었으나, 무위했다고 떼어 내던질 수 없는 것은 유일한 나의 사랑, 문학이라는 것이 내 곁에 있었기 때문일 것이다. 나는 그 시절 너무너무 무위하고 너무 고독해서 늘 자살에의 충동을 내 몸주로 삼고 살았다. 아니 무위하고 고독한 것이 그 이유의 전부라고 말할 수는 없다. 나는 반역하고 싶었고 혁명하고 싶었고 자유로워지고 싶었다. 죽음의 결단을 통해 내가 진실로 자유로워질 것이라고 나는 그 시절 믿고 있었다. 나는 일종의 확신범이었다. 몇 차례 자살을 시도하기도 했다. 그러나 나는 끝내 죽진 않았다. 그럴 때마다 나는 유일무이한 사랑, 문학이 내 곁에 있는 걸 보고 가슴을 쓸어내렸다. 문학이 나를 살린 건 아니지만, 최소한 문학이 곁에 있어 내가 살아남은 걸 후회하거나 자책할 필요는 없었다.

기억은 쌓이면서 갖가지 거짓말과 신념으로서의 미신을 만들어내고, 그 미신 때문에 이해는 오히려 방해받기도 한다. 인식의 깊이에는 기억도 정보도 필요 없다. 필요한 건 섬광이다.

내 안의 말을 없앴더니,
세상의 모든 말을 들을 수 있더라.

불멸은 스캔들이나 전설에 도움을 받는다. 고흐가 귀를 잘랐다든가, 이사도라가 머플러에 목이 감겨 죽었다든가, 릴케가 장미 가시에 찔러 생을 마감했다든가, 하는 식의 스캔들은 전설화하면서 결국 그들을 불멸로 만드는 데 큰 도움을 주었다. 밀란 쿤데라도 말하길 '불멸은 소송'이라고 하지 않았던가.

모든 예술가의 최종적인 꿈은 불멸이다.

박새하고 쇠박새는 똑같은 과에 속한 똑같은 텃새지만 알고 보면 서로 경쟁 관계이다. 좋아하는 먹이가 같기 때문이다. 요놈들은 참 의뭉하다. 먹이가 풍부한 여름철엔 박새 쇠박새 할 것 없이 함께 나뭇잎에 붙은 벌레들을 잡아먹는다. 먹이가 많으니까 함께 먹어도 굶주릴 일이 없다. 하지만 먹이가 귀해지는 가을이 오면 사정이 달라진다. 이 놈들 사이에 피어린 쌈박질이 생길 여지가 생긴다. 사람 같으면 힘 좋은 자는 먹고 힘없는 자는 굶고 그러겠지만, 자연의 법칙은 다르다. 쇠박새의 경우 가을엔 주로 까치박달나무나 새우나무의 종자를 많이 먹고, 박새의 경우는 종자가 아닌 나무줄기 표면에 붙은 벌레를 잡아먹는다. 자연의 법칙에 따라 공존해갈 규칙이 자동으로 생겨난 것이다. 규칙이 생기면 쌈박질할 이유가 없다.

새든지 나비든지 곤충이든지 나무든지 간에, 그들이 무리를 짓는 건 다른 것을 고립시키거나 다른 것의 그 무엇을 뺏기 위해서가 아니다. 방어 개념이라고 할까. 찌르레기 무리를 보라. 저기 서편 하늘, 가을이 되면 저놈들 무리가 점점 많아진다. 겨울을 나려고 서로서로 의지해 모여드는 것이다. 박새는 저희들끼리만 모여 사는 게 아니라 쇠박새, 진박새, 오목눈이, 동고비, 심지어 오색딱따구리와 쇠딱따구리하고도 혼합집단을 만들어 지낸다. 그래도 큰 문제가 없다. 쇠딱따구리보고 나와 종이 다르니 나가라고 소리치는 박새도 없고, 박새를 향해 생긴 게 다르다고 왕따시키는 쇠딱따구리도 없다. 사람만이 다른 것의 먹이를 빼앗아 제 곳간을 더 많은 잉여물로 채우려고 무리를 짓는다.

사랑으로 우리는 무엇을 나눌 수 있는가.

또 가족이라는 이름으로 나누어 갖는 것은?

힘든 일은 한사코 하지 않으면서 아버지가 따오는 '과실'에만 취한 젊은 자식과 부인도 많고, 내가 '과실'을 따다가 나누어줄 테니 너희는 내게 오로지 순종해야 된다고 짐짓 큰 기침으로 자신의 과오를 감추려는 아버지도 있다. 사랑한다면서 어떡하든 그 사랑의 명분으로 상대편에게서 어떤 이득을 보려는 사람들은 얼마나 많은가. 그렇지만 사랑이라는 이름으로 나누어 갖는 것이 단순히 '과실'이나 속이 빈 '권위의 단맛' 같은 것에 한정될 수는 없다.

사랑의 특성 하나는, 사랑하는 상대편이 가진 그늘과 결핍을 채워 주려는 헌신을 나누는 것으로 마침내 만족의 초입에 도달한다는 것이다. 나의 헌신으로 상대편의 결핍을 채워줄 수 있다면 기쁘고 보람 있는 일이지만, 그것은 만족의 초입에 불과하다. 만족의 완성은 '상실'과 '결핍'을 채우는 것을 넘어서서 그로써 마침내 삶의 품격을 드높이는 데까지 도달해야 한다. 이것이 결핍을 채워주어 얻는 만족의 최선, 최종적인 경지이다.

내 삶과 사랑하는 사람의 삶을
성지聖地의 품격에 이르도록 밀어 올리는 것.
이것이야말로 사랑하는 관계에서 얻어낼 수 있는
가장 의미 깊은 윤리성이라 할 수 있다.

기차는 돌아오지만 세월은 돌아오지 않는다.
떠나간 사랑도 돌아오지 않는다.
붙잡으려 하면 할수록
더욱 멀리 도망가는 게 세월이고 사랑이다.

삶이 부패하는 것은
매일 매일 습관에 빠져 살기 때문이다.

'순간에서 영원으로'라는 말은 옳지 않다. 지금 절정으로 타오르는 불꽃이 어찌 영원하겠는가. 의지를 갖고 사랑의 맹세를 지키는 신념의 유지는 사람에 따라 가능하지만 지금 타오르는 당신의 불꽃을 영원히 유지하는 건 거의 불가능한 일이다. 순간에서 영원으로 가는 게 아니라 순간 그 자체가 영원하다고 믿으면 생의 빛깔이 즉각 달라질 것이다.

물건은 부서져도 고쳐 쓸 수 있으나 사랑은 한번 부서지면 복원이 불가능하다. 복원은커녕 집착하면 할수록 더 산산조각 부서져버리고, 그리하여 급기야는 아름다웠던 순간의 추억조차 모조리 상실하고 만다. 가장 어리석은 것은 지금 얻은 원망과 분노로 오래전 처음 만났을 때의 떨림, 황홀, 용기 등을 모두 못쓰는 패드처럼 폐기처분하는 것이다. 지금 그가 원망스럽더라도 오래전 당신이 설렐 때, 당신이 홀릴 때, 그를 위해 당신이 죽어도 좋다고 여겼을 때 이미, 당신은 그에게서, 그의 사랑에게서 충분한 보상을 받은 것이다. 짧은 원망으로 오랜 설렘의 기억까지 땅에 묻으면 당신의 인생이 하찮아진다.

이 광기의 시대에 며칠 동안의 연휴를 통한 짧은 시간일망정, 우리가 본성이라고 부르는 참된 내 마음으로까지 가볼 수 있다면 얼마나 눈물겹고 행복한 경험이 되겠는가. 아주 외진 곳으로 가 혼자 가만히 있어보라. 처음 며칠 동안은 견디기 힘들 것이다. 세상으로부터 버림받은 것 같고, 이제까지의 삶이 실패의 연속이었다고 느끼며, 사랑에서 상처로 생긴 굳은살 물집들이 터지니 원망과 분노만 만나기 십상이다. 군인 출신 어떤 전임 대통령은 타의에 의해 깊은 산속에 유배되어 지낼 때 처음 몇 달 간, 날마다, 산을 내려가면 '손봐줄 자'들만 생각나더라고 고백한 적이 있다. 그게 인간이다. 그러나 더 오래 견디어 보라. 세상이 당신에게 주입해준 독성이 빠지는 걸 기다려야 한다. 눈물 나면 울고 화나면 소리치고 후회되면 가슴을 치라. 그러면서 견디어야 한다. 고독의 알집에 내 몸이 안성맞춤 쏙 박혀 들어갈 때가 오면 그 모든 건 소소한 감정에 불과해질 것이다. 얼룩은 사라지고, 마침내 당신은 투명한 유리창과 마주하게 될 것이다. 그때가 축복의 시간이다.

억눌러두었던 당신의 본성이 올라와
이윽고 당신의 주인 노릇을 하는 아, 그 축복!.

사랑보다 더 잔인한 게 없다는 말은 그리움보다 더 잔인한 게 없다는 말과 동의어다. 세월이 모든 걸 부서뜨릴지라도 사랑의 심지로 박혀 있는 그리움은 뿌리 뽑을 수 없다는 것이다. 그러나 어떤 사랑도 영원히 불타고 있을 수만은 없다. 사랑은 시간의 세례를 받고 나서야 비로소 참된 광채를 획득한다.

시간의 시험을 통과하는 게 사랑의 참된 윤리성이다.

기억하라.
항상 기억하라.
우리 모두 '사람'이다.

그날의 바다는 아주 섹시했다…….

바다가 섹시하다는 말을 사람들은 알아들을까. 동해시를 지날 때 새벽 바다는 뭐랄까, 수천의 청동색 말들이 일제히 내닫는 것 같았다. 그러나 삼척을 지나고 나서 갑자기 검은 적란운이 몰아닥쳐 기어이 부슬부슬 비가 내리기 시작했을 때, 청동색 말들은 그 야성적인 힘을 밑바닥으로 가만가만 내려앉히는 대신 완만하고 풍성하며 원융한 포물선으로 떠오르기 시작했는데, 심해의 원심력을 혹은 누르고, 혹은 받아 안는 자세로, 절묘하게 흔들리면서, 일순간 넘실넘실 부풀어 올랐다가 한껏 부드럽게 꺼지곤 하는 표면 장력의 저 주술적이고 육감적인 홀림을 어떻게 설명해야 할까.

바다는 검은 보랏빛이었다. 그것은 폭력적인 욕망으로 무섭게 부풀어 올랐으며, 동시에 끝간 데 없이 깊이 침몰했다. 섹시한 감흥이 무거운 것인지 가벼운 것인지 단정 지어 말할 수는 없겠지만, 분명한 것은 섹시한 것의 홀림엔 일종의 독성, 이를테면 미지량의 살의殺意가 숨겨져 있다는 것이다.

살의가 없는 에로티시즘은 존재할 수 없다.

그를 진실로 갖고자 한다면 그를 죽이거나 내가 죽거나, 길은 그 두 가지뿐이다. 에로티시즘은 죽음을 머금고 있다. 화합과 균형이란 애당초 존재하지 않는다. 그날의 '보랏빛 검은 바다'가 내게 준 예시가 바로 그러했다.

나는 내 아이들이 '불의 나라'가 아닌 '물의 나라'에서 살기를 바란다. 그들의 영혼에 깊고 맑은 우물 하나씩 심어두고, 그 우물에 비쳐 보이는, 달처럼 예쁜 사람, 별같이 빛나는 사람을 자주자주 발견하여, 가급적 매일매일 누군가에게 홀리고, 존경하고, 사랑하면서 사는 걸 보고 싶다. 사랑이 가장 큰 권력이라는 걸 매일매일 보고 느끼고 확신하고 또 실천하는 세상에서 사는 걸 보고 싶다.

살다 보면 누구나 두 갈래 길 앞에 놓이게 마련이라고 어떤 시인은 읊었거니와, 그것이 두 갈래 길이 아니라 세 갈래 길, 또는 열 갈래 길, 백 갈래 길이라 할지라도, 그 길의 초입에서 잠깐 만나는 혼란과 좌절은 있겠지만, 그 길을 다 지나오고 나서 돌아보면, 그렇고말고, 그 모든 길은 다만 하나의 프로그램 속에 입력되어 있다. 인생이라는 이름의 미로 게임이다. 두려워할 것 없다. 천지간에 홀로 있을 때조차 고독과 고통을 견디어갈 목숨의 값이 바로 내 힘이다.

당신의 목숨 값을 믿고 사랑하고 의지하라.

그러면 누구든 앞에 놓인 생의 미로를 헤쳐 나갈 수 있다.

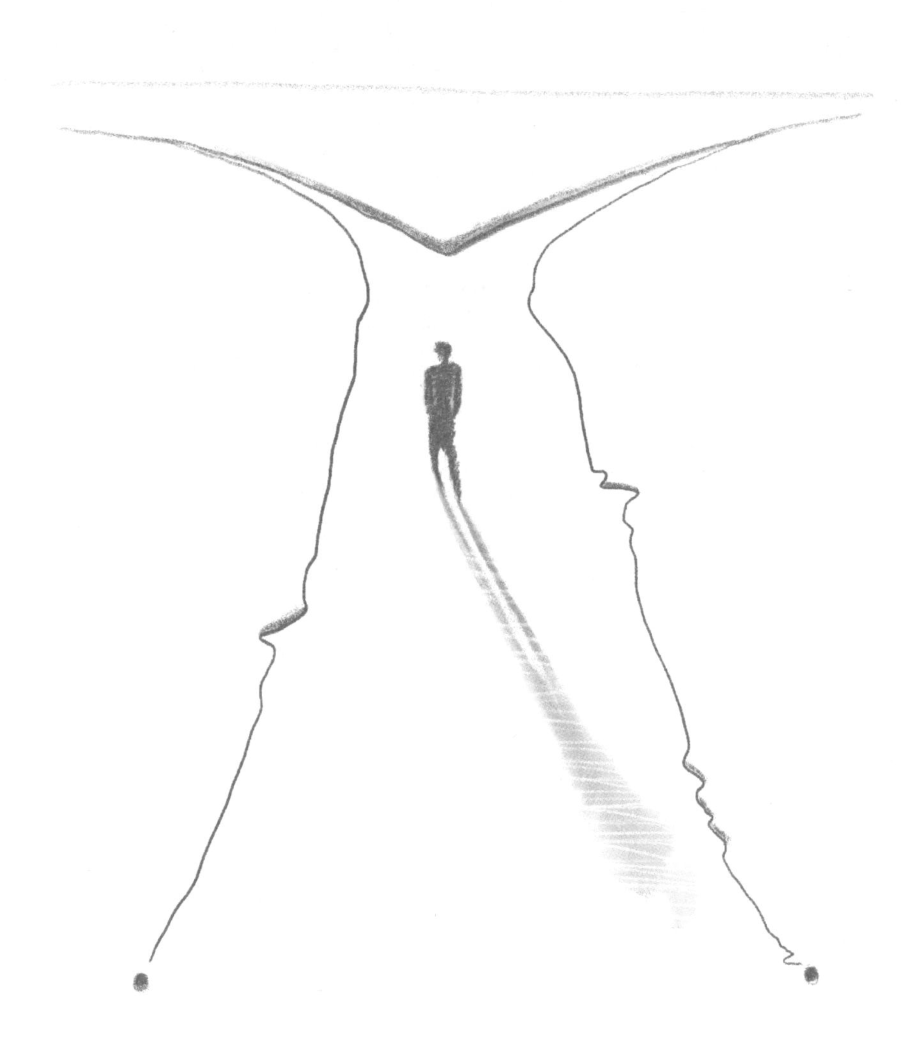

하루

그리움이 깊으면 모든 별들이 가깝다

초판 1쇄 인쇄 2021년 4월 12일
초판 1쇄 발행 2021년 4월 19일

지은이 박범신
일러스트 성호은
펴낸이 백경민
에이전시 사이저작권에이전시
펴낸곳 시월의책

주소 서울 마포구 성지길 25-11, B153호
전화 070-7766-4001
팩스 050-4050-9067
등록 2020년 3월 25일 제2020-000079호

정가 14,500원

이메일 bkm@forwc.com
홈페이지 http://www.forwc.com
인스타그램 @siwol_books

ISBN 979-11-974377-1-7(03810)